KB050167

부에나 비스타 소설 클럽

시작시인선 0223 부에나 비스타 소설 클럽

1판 1쇄 펴낸날 2016년 12월 30일
지은이 이기영
펴낸이 이재무
책임편집 김연필
디자인 이영은
펴낸곳 (주)천년의시작
등록번호 제301-2012-033호
등록일자 2006년 1월 10일
주소 (04618) 서울시 중구 동호로27길 30, 413호(묵정동, 대학문화원)
전화 02-723-8668
팩스 02-723-8630
홈페이지 www.poempoem.com
이메일 poemsijak@hanmail.net

ISBN 978-89-6021-309-8 04810
978-89-6021-069-1 04810(세트)

값 9,000원

*이 책의 국립중앙도서관 출판시도서목록(CIP)은 서지정보유통지원시스템 홈페이지(http://seoji.nl.go.kr)와 국가자료공동목록시스템(http://www.nl.go.kr/kolisnet)에서 이용하실 수 있습니다.(CIP 제어번호: CIP2017000051)
*이 책은 경상남도문화진흥예술원에서 제작비 일부를 지원받아 발간되었습니다.

부에나 비스타 소설 클럽

이기영

천년의 시작

시인의 말

머나먼 이름의 고백이면서
너는 나라는 거리 나는 너라는 거리이면서
무수히 많은 관계들이면서
알면서 혹은 모르면서 좋으면서 또는 싫어하면서
때론 사소하거나 아니면 사소하지 않기도 하면서
비밀도 아니면서 비밀이 되기도 하면서
아직 발목이 시리면서 아직 기다리면서 잊어가면서
바람의 말이면서 새의 눈빛이면서 멀어지는 꽃잎이면서
하품이면서 꿈이기도 하면서
그것은…….

차례

제1부

제2부

제3부

제4부

해설

제1부

지난날의 장미

쇄골이 살짝, 드러난 붉은 장미

손끝과 발끝에 힘을 준 채 코끝을 집중시키면
발가락의 진동이 머리끝까지 요동치다가
입술에 닿게 되지
아찔하게,
그때 흔들리는 건 반쯤 잠긴 현기증이 아닐까
잠시 의심하는 사이

이건 은유일까, 다시

어둠이 더 깊은 어둠을 업고
붉은 꽃잎은 더 붉은 꽃잎을 얹고
향기가 더 짙은 향기를 안고

긴 목으로도 닿을 수 없는 거리距離에서
가시는 왜 더 맹랑해질까

다시
머나먼 이름, 지난날의 장미

휘파람 여인숙

그 많은 입들은 다 어디에서 왔는지
그 많은 눈동자들은 또 어디로부터 시작됐는지
소문의 진원지는 아무도 모르는 배후를 가지고 있다

아무리 씹어도 질리지 않는 공용의 레시피가 있고
누가 묵었다 갔는지 아무도 관심 없는 이 허름한 소행성
으로부터
입들은 더 은밀한 입들을 따라
빠르게 몰려들었다가 순식간에 사라진다

어떤 표정도 없고
어떤 흔적도 남기지 않고

그러니까 소문의 배역에는
억울한 주연도
빛나는 조연도 없는데
한때의 통속일 뿐인데

모르는 척, 아는 척,
번쩍거리는 수많은 가면과 한 패거리가 되고

갈아타야 할 타이밍만 남은 비밀 아닌 비밀을 품은 허기는
허기에 닿지 못한다

구석진 방에 온갖 상상과 몸부림치는 비애를 낳아놓고
그 많던 타인들은 또 어느 다정함 속으로 사라졌는지

관계

너와 나는 함께 지나온 시간의 깊이와 공간 사이의 크기로 이루어진다

느티나무의 11월과 공원의 나무 의자와 가로등 불빛이 꺼지는 새벽까지의 거리

그 공원에서 도로를 가로질러가는 아기 길 고양이의 두려운 호흡과 조심스러운 발걸음 사이의 거리

낮에 어미 고양이와 까치발을 하고 코를 킁킁거렸던 노란 국화 향기와 코끝까지의 거리

국화꽃과 잠깐의 경적과 공원의 긴 적막과 새벽이 달려오는 속도와의 거리, 그 사이에는 아기 고양이가 두고 간 어둠과 우리들의 무관심이 있다

거리는 이 모든 하찮은 관계 속에서 너는 나라는 거리를, 나는 너라는 거리를 갖고 있다 사소하게 그러나 사소하지 않게

스타벅스에서

누군가 두고 간 우산
누군가 읽다 만 잡지
누군가 흘리고 간 이야기에서

기억나지 않는 누군가는
아무도 관심 없는 옛날 옛적 낮달처럼

살바도르 달리의
흘러내리는 시계를 품고 있는
너와 나는
서로를 모르는 사람

서로를 비틀어
경계선 밖으로 집어던지는 사람

너는 그저 자세만으로
외부의 소음을
딱,
차단한 창문을
바라보고 있고

나는 여전히 초점이 너인지,
창문인지,
창문 너머 착각인지,
눈보라인지 몰라

흔들린다

한 모금씩 멀어진 파문이
내 안으로 시커멓게 차오르고
나는 어느 순간 누군가가 되어버리고

픽션과 팩트 사이

흐릿하게 쏟아부은 울음의 창 한쪽을 동작 빠른 와이퍼가 순식간에 다가와 쓱― 닦아내곤 다시 멀어질 때 잠깐이지만 나는 맑음 쪽으로 밀려난다

눈물이거나 우울이거나 내다 버릴 창문 하나쯤 있어야 하지 않겠는가 어차피 창밖으로 쏟아져 흘러내리는 것들은 젖지 않을 만큼만 안에 두고 함부로 떨어질 수밖에 없다 그것이 픽션이고

당신이 떠나고 하루를 마감하는 손이 서쪽에서부터 긴 그림자를 끌어와 감정의 굴곡들을 속속들이 덮어놓고 사라질 때까지, 다시 그 덮개를 벗기고 낱낱의 사연들이 들어설 때까지, 나는 잠시 죽은 듯이 흐림으로 숨어들 수밖에 없다 그것은 팩트다

픽션과 팩트 사이에 놓인 그 많은 틈
완성이 끝나면 사라지는 일만 남을 여백,

나는 그것을 추문醜聞이라 부르지 않겠다

파놉티콘panopticon

면과 면이 만나 각을 만들 때
낯선 남자가 내 몸을 밀착하는
불편이 만들어지지

한 면이 수평을 향해 가다
또 한 면이 수직으로 돌아오다
담이 꺾어지는 모퉁이에서
딱! 하고 만났을 때

더 이상 물러서지 않는
팽팽한 긴장이 펼쳐지지

뱉어낼 수 없는 공포와
달아나지 못하는 불안이
사각의 틀을 만들지

참을 수 없다는 듯 면이 일어서 벽이 되지

벽은 입과 눈이 없어
수긍할 수 없는 스무 살에 잡혀 있지

천장을 벗어날 수 없는 처녀를 삼켰지

한 면이 손을 내밀어 더듬었어, 그만
또 한 면이 구둣발로 걷어찼어, 그만
또 한 면이 입술을 스쳐 지나갔어, 그만

어떤 틈도 내주지 않는 네모의 담 안엔
네모의 집 그 속에 네모의 방
이제부터 나는 네모에 익숙하게 되지

부에나 비스타 소셜 클럽buena vista social club

오래된 악사들과 귀에 익은 재즈와
시끌벅적한 서른아홉 체 게바라와 스물일곱 이상이 있다

부르주아적 시가를 피우는 이상과 노동자의 술 모히또를 마시는 체 게바라

절인 청새치와 코히마르 해변에 뜬 붉은 달을 말하면
어린 연인들의 앳된 입술과 꼬치니로cochinillo에 대해 입맛을 다신다

혁명은 주방장이 추천한 오늘의 아기 통돼지 바비큐보다 못하고
달아나지 못한 열세 명의 아해들은
가난한 생일 파티가 열리고 있는 마술사의 입속으로 감쪽같이 사라지고 없다

더부룩한 머리칼을 쓸어 올리며 불금이라 선언하고
눈이 너무 부시다고 선글라스를 껴야 한다고

봉고, 바따, 체께라, 마라까스가 찬찬chan chan을 연주

한다

—나는 알토 쎄드로에서 마르카네로 가고 쿠에토에 도착한 후에는 마야리로 가
인생에 흐르는 힘 어쩔 수 없다네•

시인도 못 되고 내일의 혁명가는 오늘의 혁명을 모르는
불온한 승객들은 이 밤 또 어디로 다 흘러가나

그와 그가 감쪽같이 사라진 오, 쿠바!

• '찬찬'의 노래 가사 중에서.

13월

1월의 여자, 얼어붙은 시간들을 조금만 데운다면

2월의 봄까치꽃, 잡풀이 아니라고 바위라도 들어 올릴 기세로

3월의 개구리, 꼬리에 대한 꿈을 막 완성한다

4월의 티타임, 벚꽃 유적지에서 불꽃놀이 발굴되기 한 시간 전

5월의 월요일, 수런대는 정글로 감쪽같이 사라져버린 당신을 부르며

6월의 푸른 정맥, 온몸으로 달려가는 속수무책의 여자

7월의 민달팽이, 뼈 없는 뿔로 외눈박이 태풍과 맞서보기로 한다

8월의 첫사랑, 프리즘에 막 닿은 빛처럼 퍼져 나갔는데

9월의 해변, 떨궈 놓고 간 웃음소리가 잘린 종잇장처럼 수북하다

10월의 남자, 겨울이 오기 전 제멋대로 달아나버린

11월의 스캔들, 증오의 이파리로 펴지려는 순간, 순간들

12월의 에테르, 색을 잃고 향을 얻어 그만하면 괜찮다 다독이며 다시 울다

13월의 움벼, 최후의 변론을 내밀어보는 여자

장례

갠지스 강가에서 시신을 태웁니다
그을음 속에 가장 나중까지 타지 않고 남아 있는 심장

다시 뜨거워져 돌아가고 싶은 그런 날이
눈을 감고 강물 속으로 뛰어내립니다

나뭇단을 조금 밖에 사지 못한 가난한 가족들은
아무도 울지 않습니다

강가 보리수 나뭇잎에는 벌레가 알을 낳고 있습니다
시궁창에는 배려가 빠진 냄새들로 가득합니다

강기슭에서 양치질을 하고 몸을 깨끗이 씻어내고 있는 사람들 곁으로
시신을 거두어가는 재가 유유히 지나쳐 갑니다

나의 안부는 입술이 건네는 마지막 인사
바람의 목소리가 돛처럼 부풀어
몽유병처럼 떠도는 유령에게로 데려갑니다

백화白化

사막에서는 황혼이 극단을 부추긴다

밤의 영역이 시작되면
예리하게 돌진하는 긴 가시를 피해
붉은 꽃을 피우던 달은 만날 수 없다

짐승인 줄 모르고 살다 간 은빛 여우가
달빛 속에 몸을 숨겨야 했던 이야기만 들을 수 있다

실루엣 속에서도 빛나는 두개골을 위해, 건배

바람이 모래를 불러 무덤을 만드는 동안에도
귀는 눈보다, 눈은 소리보다 과장되게 부풀려진다

위로를 건넬 수 없는
사색이 되어가는 어느 아름다운 무덤 앞에서

돌진하다 갑자기 멈추게 된 슬픔으로
버티고 있는 나는

결말은 아직 끝나지 않았다는 듯
누렇게 곪아가는 달을 붙잡고 있다

아랫입술이 윗입술에 가닿듯

남도사람들은 삐비꽃을 소금꽃이라 부른다

바람이 방향을 바꾸고
바다로부터 봄바람이 불기 시작하면
밀물이 들이치듯 삐비꽃 따라 소금이,
온다

아랫입술이 윗입술에 가닿듯
햇빛이 빛날 때

온 몸으로 먼저 꽃 피워보는 소금꽃

한나절 오지게 볕 잘 든
갯고랑에 들어온 첫물을 가두고 와서
우왁스러운 아비와
문을 닫아도 그래도 환한 어미는
더욱 더 은근해지고
모든 비밀은 익어서
백색이 된다는 듯
무너져 내리고 있었는데

함석지붕 아래 소금 창고가 술렁이고
삐비꽃은 눈부신 머리카락을 날리며
미친 듯이 달려왔지

한 주먹의 소금으로 내가 태어났지

5월

담장을 넘으려는 넝쿨 장미는
거친 숨소리를 거쳐
어느 위험한 신호에 가닿는지

잉잉거리는 눈만 질끈 감아버리면
무엇을 상상해도 좋을 정체불명의 당신 표정
가끔은 그런 당신을 뱉어버리고
나, 끝내 찾지 못한 다른 이름으로 사라지고 싶어

나의 노란 장미가 때마침 나비 날개를 주문해주어
잡지에서 본 주술사를 불러 주문을 걸면
별자리를 빌려 타고 온 처녀들은
점괘가 걸린 창문으로 부케를 던지지

나는 어디에서 첫 신부를 기다리면 될까
내가 알던 당신과 나의 어린 신부들
서로 모르는 완벽한 알리바이가 필요한데

덩굴

이 종족의 오래된 표식은 대를 이어 학습된다는 것
태양의 왼쪽을 돌아 오른쪽을 완성해가는 것

껴안아야 할까?
내주어야 할까?
곧장 가야 할까?

곡선에 대한 방향성은 이 종족만의 특허다

왼쪽을 단단히 붙잡을수록 오른쪽이 한층 더 깊어진 높이를 갖는다는 건
한쪽에 대한 집착이 다른 한쪽에선 아찔한 수위를 견뎌야 한다는 것

높아질수록 멀어지는 화살표처럼
깊어져 더 아슬해진 눈동자처럼

높이에 대한 열망이 앞으로 나아가게, 나아갈 수밖에
더 먼 곳으로부터 삭제되게 한다

제2부

울트라마린 블루

블루에 닿고 싶어

까마득하게, 무한히 작고 무한히 높은 밀도 속으로 순간과 순간이 바쳐진 그곳

직선 방향으로 가던 마음이 한 순간 휘어져 모든 경로를 바꿔버렸을 때에도 나는 여전히 지목되지 않은 투명한 배후를 의심하고,

나를 모르는 당신과 당신을 아는 나는 서로에게 가닿은 적 없는 물의 몸
불순물이 다 걸러질 때까지 더 깊이 내려가려고 온몸에 새긴 이름을 지운다

이 도시의 네온사인은 순전히 편파적이라서 비밀도 아닌 비밀을 추억도 아닌 공허를 되뇌이고 있다

이곳에서 물속의 여자들이 생존할 수 있는 방식은, 아직 정해지지 않은 빛의 배후가 되어 당신과 만날 수 없는 집착으로 남는 것이다

빛에 대한 확신이 희미해질수록 당신은 선명해지는 색을 갖고 싶어 안달이다

이제 그만, 블루를 빠져나가고 싶어

머나먼 북극

무엇인가 내 안에 쌓여 나가지 않고 있다는 걸 알아챌 때까지 몸은 계속해서 근질거렸다 생각과 생각을 건너 절망과 굴욕을 건너 조금씩 금이 가고 있던 곤궁한 시간들이 얇은 운모 조각으로 부서져 내렸다 눈빛에 허기가 지고 미미하던 진동이 무너지는 일에 익숙해졌을 때 궁핍한 감정선들은 벼락의 중심을 뚫고 폭발했다 너의 상처는 상실의 건너편에서 기회를 엿보다 몇 조각 파편이 박힌 채 쏜살같이 건너왔다 우리들의 오래 참고 있던 골동한 시간들은 갑작스런 해방으로 붉어지거나 쓰리거나 함께 가난해졌다 모든 날들이 가벼워졌다

푸른 하늘 은하수

농구공이 통, 통, 통, 튀는 쪽으로 단순하고도 경쾌한 발걸음, 너는 주저 없는데 나는 자꾸 허둥댄다 한 쪽이 붕, 붕, 떴다 사라지고, 모든 것들 다 가볍게, 달에 착륙한 비행사가 폴짝, 폴짝, 튕겨나가듯 너는 자유롭고, 나는 자꾸 어긋나고, 높은 골대에 기대지 않고도 네 세상은 만만하고, 나의 사정은 코트 밖 배경처럼 괜찮은 척을 할 때, 푸른 하늘 은하수 하얀 쪽배는 삿대도 없이, 삿대질도 없이, 이제 그만 집으로 돌아가라 부추길 때, 굴러가는 대로 변화하는 쪽으로 나는 왜 그렇게 어스름이 되어 가는지, 왜 그렇게 우두커니가 낯설어지는지 알 수 없고

당신의 아침은 안녕하신지

수요일 아침 알람을 깨우고 그날의 뉴스에 안녕을 묻고
서둘러 식탁에 앉으면
왜, 침대는 더 이상 친절하지 않은 걸까요

허기는 옆구리를 지나 어디로 사라지는지
백 년 동안 질려버린 고독이라도 껴안고 싶어요

정체도 모르는 상처의 질감 따윈
한 주먹에 주물러 주머니에 구겨 넣고

나는 매일 고도를 높이며 휘파람을 불며
어느 먼 설산에 있다는
해저 구만 리 천리 이역을 서성거려 보지만

히말라야 셀파는 설산의 무릎을 떠나지 않죠
설산의 구름으로 국물을 우리고
설산의 꽃들로 잔치국수를 말아요

겨우 그만큼의 시간을 위해
하늘에 몸 맡긴 산들에게 내 깊은 속내를

고명으로 얹어 놓고 사라질 거에요

날이 선 생각들은 귀까지 울렁거리게 하겠지만
안부는 사양할게요

너무 높은 꿈도 꾸지 않고 너무 높은 기대도 포기할게요

나의 부엌으로 와 함께 식사를 해주세요
배가 고파요

당신도 공복으로 넘쳐난다면

소나기가 도로를 가로질러 갈 때

누군가에게 쫓기는 기분으로
툭 , 툭 , 툭 꼬리를 잘라 내던져버리고 달아나는 구름들

빗방울들은 타악기의 일회용 스틱이 되어 잠자고 있다
제 노래는 온몸을 던져 부서지는 그 순간뿐이라는 듯
지상의 음계를 깨우는데

새어나간 한숨을 잔뜩 뒤집어쓰기로 한다면
한 줄기 위안이 아닌 난감을 흠뻑 맞아보기로 한다면
그건 날씨의 대답이지 질문은 아니지

빠른 랩을 사방으로 튕겨내며
빗속을 우산 없는 상태로 걸어가는 당신이 있다

어딘가로 흘러가 모든 오늘을 지우고 싶은 나는

행여라도 제 음을 놓쳐버릴까
악착같이 엉겨 붙으며 당신에게로 몰려간다

흙탕물을 뒤집어쓰기 전

내게로 건너온 당신의 다급한 음색만,
젖지 않는다

앙코르와트 1

이곳에서 표정은 사치다

쉴 새 없이 낡아가는 맨 얼굴의 시간이
집요하게 잿빛 먼지 속으로 번져도

울거나 웃어서는 안 된다

번진다는 건 멀어지는 거라고
한 번 멀어지면 다시는 다정해질 수 없다고

석상들은 애초부터 이곳에 없었다는 듯
제 손이 썩어 문드러지면서까지
눈과 입과 귀를 지우려 한다

나는 몇 개의 얼굴을 소비하며 여기까지 왔나
나는 어떤 탈옥을 꿈꾸며 여태껏 걸어 왔나

내 앞에 거대한 스펀지나무는
제 키를 사원 위로 올리며
아무 것도 감출 필요가 없다는 듯

당당하게, 수천수만 개의 낯빛으로 서 있는데

앙코르와트 2

4월의 입술에 주소를 둔 나뭇가지가
당신의 지문을 가진 창문들을 일제히 열어젖히고 휘파람을 날린다

떠나면서도 우아함을 잃지 않고 쏟아지는 새들
나는 오늘도 날아가는 새들의 인사법을 배우지 못했다

연락처를 남기지 않는 바람 속에서 새들은
행려병자의 방식으로 떠도는 곳을 잊고
나는 휘파람 뒤에 숨은 체면을 아직 다 버리지 못해
그가 돌아올 계절에도 두서없이 온종일을 앓는다

또 다시 새들이 나의 독신을 확인할 때까지

나는 불안 위에 팽창하는 표정을 덧바른 채
바람 안에 몸을 숨기고

자산동 1
—오래된 낙서

언덕을 오르는 길은 언제나 숨이 차지
내려가는 일 따윈 까마득히 잊어버리고
바닥부터 천장까지 점점 부풀어 오르기만 하지
고도는 들숨과 날숨의 반환점에 셀 수도 없는 깃발을 꽂지

골목 다음 골목에서 그림자놀이를 하던 아이들은 다 어디로 갔나
그늘 다음에 온 그늘은 아직 본 적 없는 그늘을 다시 데려오고
오래된 낙서 위를 다시 낙서가 내일처럼 덧씌우지

지붕 위로는 한 줄 비행운이 흘러왔다 사라지지
고이지 못하고 흘러가는 건 빗물뿐이 아니라서

기억의 잔가지들을 뚝, 뚝, 끊어내고 뒤척이는 밤
서로가 서로에게 지쳐 돌아눕고
안을 수 없고
이 가지는 저 가지에 닿지 못하네

참 이상도 하지,

저 새는 끊임없이 목소리를 버리고 있네
돌아오지 못한 안부로 발목은 아직 시린데

자산동 2
—난간 없는 방

누가 다녀갔나요

물병자리에서 물고기자리까지 건너가는 동안
홀로 잠들 새벽이 아픕니다

아침엔 사라져주지 않는 고열이 천장까지 오르락내리락
귀찮았지만
괴성조차 나오지 않아 쫓아버리는 걸 그만두었지요

허기를 가득 채운 텅 빈 밥그릇에 남은 한 톨

너 때문이라는 손가락질도 이해되다가
오늘은 4월 5일 식목일이니 한 그루 사과나무라도 심어야 할 텐데 하다가

아무런 예고도 없이 낭떠러지로 떠미는 뒷문을 벌컥, 누가 열어버리면 어쩌나
미처 씻지 못한 밥그릇에 말라붙은 밥풀처럼 단단해져야 하나

단 하나의 이미지로 뭉쳐진 이 새벽이 아픕니다

머허리*

톤레삽 호수 뱃사공이
노 젓는 속도에 맞춰 들릴 듯 말 듯 노래를 흥얼거렸다

—머허리, 머허리, 나의 여인이여 노을빛에 걸린 그대 노래가 나를 집으로 이끄네

더 이상 자라지 않는 마음에 딱딱한 덮개를 씌우고 있어도
어떨 땐 느낌만으로
멀리 맺힌 무지개를 다 이해할 수 있다

물 냄새와 흔들리는 집의 출렁거림이 없다면
땅에서도 멀미를 한다는 사람들이 강으로 돌아와
비 그친 황톳물을 이불 삼아 사랑을 하고 아이들을 키운다

고무 다라이를 타고 온 어린 소녀가 1달러를 외치며 손을 벌려도
한 번도 눈빛을 바꾼 적 없는 이방인의 표정

흙을 다지고 그 위에 콘크리트를 바르고도 모자라 쇠를 덧대도

허방이라고 생각했던 순간들을 떠올리며 나는

보랏빛 꽃을 피운 부레옥잠이 되어도 좋았다

가난한 뱃사공의 여자, 머허리가 되어도 좋았다

• 머허리: 캄보디아 톤레삽호수에서 뱃사공이 부른 노래의 제목으로 사랑하는 여인에게 바치는 세레나데.

속수무책

비가 온다

링거액이 떨어지는 보폭으로 흩뿌려지는 발자국들
먹구름을 헤집으며

나는 젖은 채 나를 흘려보낸다

속수무책으로 번지는 소문들

당신은 어느 날 창문 앞에서 나를 잊으려 한 적이 있다
나는 이미 잊혀진 이정표처럼 그렇게 캄캄하게 서 있었는데

사람의 급소에서 아찔하도록 돋는 대답이었을까

강가 물버들 어린 연두 등을 적시고
비닐하우스 찢긴 틈새 냉이꽃 이마를 적시고

적셨다가 슬쩍 사라지는 옅은 졸음의 습관으로
무수한 둥근 문양들이 자랐다가 사라진다

한적한 둑길 개나리는 왜 일찍 피는지
버려진 화분들은 왜 자꾸 살아나는지

속속들이 다 비치는 허공에 매달린
5% 주사액 한 병이 다 비워질 때까지

허기진 까마귀들이 난다

이미 버려진 것들은

당신이 변하고 있다는 걸
복선으로만 읽을 때
난 은밀함으로 남을게요

결말을 다 알고 있어도
위기를 반복할 수밖에 없는 이유
당신은 이미 알고 있잖아요

가령, 당신과 나만 아는
아주 특별한 숫자들이 있다면
그것들은 불멸하는 의미를 만들지만
아무런 고민도 없이 내다 버린 의자들은
지독하게 쓸쓸해져서
내 등짝이나 후려치는

왕벚나무 아래로 들어설 뿐인데
중력을 잃고 난 뒤 하늘로 흩뿌려지는 꽃잎들처럼

계절 뒤에 찍힌 눈부신 발자국으로만 남아 있을게요

제3부

눈물이 비눗방울이 되는 능력

울음을 가진 아름다운 자세는
눈물이라는 고결한 태도에 닿아 있다

눈물이 팽창하는 비애의 방식으로
공중을 천천히 차오르며 출렁거릴 때
울컥, 한 방울로 완성될 때

슬픔이라든가 면역에 대해서는 짧은 호흡으로 말할 수 있지만
그리운 이름은 입 안 가득 고여 입술을 떠나지 못한다

심장 저 깊숙한 곳에 묻어두었던 첫 번째 고백,
더 단단히 둥글게 말아 올리는 자세를 고집하고

다정한 체온이 건너가지 못하는 슬픔은
저 혼자 깊어져 주저앉기도 한다

눈물은 터지기 직전까지 울음이 아니다
그래서 참는다는 말의 장력은 긴 떨림이다

주저하는 입술 혹은 수백 번의 고민 끝에
발자국 소리 없이도 떨어져 나온 이름들이
공중에서 천천히 가벼워진다

마침내,
눈물은 길게 호명된 이름으로 투명해져서 입술을 떠나고

소믈리에

카베르네 쇼비뇽 검은 보랏빛에 마음을 포개고 휘휘 돌리면

와이너리의 계절은 만개한 시간에 맞춰 깨어날까
서른, 혹은 마흔 가지 약속된 감정들은 계속해서 달콤할까

일순간, 머리에서 발끝까지 전율하는 타인의 발자국
까마득히 바다를 떠난 뭉게구름의 신호와 다정함은 아랑곳하지 않고

포도밭은 어지러운 멀미,
향기로운 형식으로,

나는 밀폐된 오크통에서
비밀들이 하나 둘 사라지는 즈음에 맞춰

취기가 벗어놓은 감각을 따라
한사코 휘발하고 함부로 발열하려는 사람

어쩌면,

여러 개의 잔을 깨트리며 진짜가 되기 위해

더 붉은 피를 감추던 가짜같이,

노이즈noise

몇 번씩 끝나가는 연애에도 잔인하게 밝은 달
끝내, 오지 않는 밤

시간의 귓볼을 생각하고
귓볼은 입술을 생각하고
입술은 애무를 생각하고, 생각하고
멈출 수 없는 몸의 절실한 신호를 생각하다

붉어진 뺨이라든가 끈적끈적한 소리로도 덮을 수 없는
변덕스런 거리가 있다는 걸 알게 되는 건
뒤돌아선 당신 머리카락 하나가
달 속으로 계속 뻗어가기 때문이지

라디오를 켤 수 있는 자정은 참 편리하지

당신을 찾는 주파수가 계속되고
지지직거리는 신호음을 멈추지 않고 있으니

더 이상 깊어지지 않는 어둠
더 이상 오지 않는 잠

더 이상 찾을 수 없는 노래

몇 번씩 다시 시작하는 이별에도 다정하게 지는 달

밤의 허기를 생각하다 덩그러니
혼자 남은 밤의 억장을 생각하다 오지 않는
답답한 신호를 기다리고, 기다리는,

나는 여전히 불협화음 앞에 서 있고

핀 라이트도 없이

어둠 하나 겨우 비켜가는 그런 좁은 골목에서
당신은 왜 멋대로 서러워하는지

담 한 귀퉁이가 찢어져 가느다란 빛이라도 새어나올 때
신경을 모두 죽이는 마취법을 알기만 한다면
지금 당장 처방전을 내려야 한다던

당신은 홀로 무서운가요

캄캄한 급류를 정신없이 떠내려가다
제멋대로 방지턱을 만들고 멋대로 넘어가
어느 낯선 사람의 아픔과 만나고

일 없이 저 혼자 수런대다 함부로 그리워하고
만나야 할 이유도 목적지도 없어진 지금

공연히 설익은 숙취를 혼자 앓는 밤인가요

아무도 열 수 없게 안전하게 봉인하고
다시 또, 당신은 어두운가요

희망 고문

아무런 전조 없이도 손톱을 물어뜯는 날이 계속되었다

어느 날은 운명선이 갈라지고
어떤 날은 생명선이 끊어지고

아무 날이나 아무 감정 없이
나로부터 분리된 파동들이 진앙지로 몰려들었다

내게서 충분히 떨어져 있어도 흔들리던 당신에게 틈이 생겨 빗물처럼 내가 거기 스며들 수 있었다면 갈라지고 위험천만한 틈바구니에 끼어서라도 나는 아무도 모르게 뜨겁게 욕망할 수도 있었을 텐데

우호적인 입술들처럼

특별한 관계를 암시하는 건 곳곳에 있었지만 단조롭기 짝이 없는 나날들, 정면에서 조금씩 엇나간 시선들, 공허하게 떠돌았다 어쩌면, 죽음보다 무자비하게

헛되이 가방을 쌌다 푸는 단층 너머로 끝내 답을 듣지 못

한 어둠, 끝이 끝도 없는 간극을 혼자 건너갔다 돌아오곤
하였다

황사의 감정

내 방은 지금도 비 한 방울 내리지 않는 건기
비의 전갈은 어디에 몸을 숨기고 있을까

신기루에 갇힌 풍경들은 조금도 가까워지지 않는데
창틈으로 새어 들어온 두통이 붉게 흘러내린다

혓바닥에 말라붙은 침까지 긁어보는 심정이 되어 나는
어떻게든 갈증의 수위를 낮춰보려 필사적이지만

그 속에서 너는 바짝 마른 알몸을 들키고 만다

어디엔가 물의 체온을 저장해두고 사막을 건너는
낙타의 감정이란 이런 것일까

시시때때로 모래폭풍을 몰고 오는 너의 습관 때문에
아무것도 건질 게 없는 바닥은 언제나 개미지옥

숨통을 조여오는 황사의 발원지는 사막 아니면 늘 삭막

우기는 너무 멀고 태양의 침실은 이미 가깝다

날지 않는 새는 길을 잃는다

눈 덮인 트롤 알프스를 넘어가
사이프러스 나무가 포도나무 사이로 우뚝 우뚝 솟아 있는
아드리아해를 바라보았지

간간이 비가 내렸고 틈틈이 햇빛이 빛났어

밤이 되고 그날의 하우스와인이 다 비워지자
붉은 지붕 위로 오래 묵혀두었던 감정들이 쏟아져 흘러
내렸어

빗물인지 차가운 절벽인지
허공을 갉아 먹는 소리가 났어
조금씩 더 멀리까지
내가 돌아가야 할 거리가 끊어지고 있었어

이곳이라면,
고목이 된 다섯 그루 포도나무를 가진 담장의
주인이 되어도 좋을 것 같았지
날 좋은 날 아무도 없는 이층 거실로 잠기는 노을을
혼자 바라보는 것도 나쁘지 않다고 생각했어

탄성 없이도 저녁은 오고 그렇게 그곳에서
잊혀져도 좋을 관계들을 생각했는데

반짝, 켜진 전등 불빛에
내 그림자가 멀리
뒤를 돌아보지만 않았어도
거기에 네가 서 있지만 않았어도

프라하

내가 왼쪽 날개에 태양을 달고 고비 사막을 건너가는 동안

알타이 산맥을 넘어 발칸으로 갔던 훈족의 길을 따라
열한 시간째 백야는 계속되었다

비단이나 향유기름을 실은 대상 행렬이 아닌
21세기 패키지 여행객의 시간이란 은유를 빌릴 필요도 없이
기분의 높낮이를 구름 위에 맞추고

나는 맨발이었고 한 덩어리의 뜬소문으로 당신은 흘렀다

프라하에 도착하자 바람은 세차게 불었고
기준과 평균에 함몰되었던 사람들이 환호성을 지르며
출구를 향해 점점 빠르게 발이 보이지 않게 달려 나갔다

소란스러운 증식도 없고 무한한 떨림도 없고 싱싱한 호기심도 없던
내일이 이곳에선 속속들이 빛나고 있었다

당신을 찾던 당신을 완전히 잊은 채

천지사방에 찔레꽃

천지사방에 찔레꽃이 첫눈 오듯 내려앉을 때면 어머니는 나를 꽃 근처에는 얼씬도 못하게 했다 언제나 그렇듯 나지막하고 느릿한 목소리로—찔레꽃 아래에는 화사花蛇가 살아야—은밀하고도 조심스럽게 천기라도 누설하는 사람처럼 말하던 어머니는 꽃뱀이 왜 유독 찔레꽃 아래에서 봄을 나는지 다 알고 있다는 음성으로 말하고 나는 온몸이 까닭 모르게 오스스 떨려와 동백꽃같이 화사하게 물들인 뱀이, 그 화상이, 순정한 찔레꽃 아래에서 꼼짝도 않고 빨간 혀를 날름거리며 찔레 그 아슴아슴한 꽃향기를 할짝거리면서 한 입씩 베어 먹으면서 찔레향이 제 등에서 미끄러지는 걸 긴 꼬리를 밟고 멀리 달아나는 걸 내가 눈길도 안 주고 스쳐 지나갈 때까지 꽃 사태 속에서 훔쳐보면서 그 눈부신 꽃 이파리들을, 순정한 오월을, 선득하니 저 혼자 다 차지해버리고 내게는 황금 심장을 가진 꽃의 허물만 남겨진 날이 있었다

빛의 검법

오래된 감나무를 능숙하게 재단하는 빛의 방식에는
매우 친절한 결단이 있어

시시각각 달라지려는 줄기와 잎은
그저 암시만으로 다양한 각도에 따라 복제되기도 하지

할머니는 종종 감꽃 같은 한숨을 떨구곤 했지

그늘에서만 울 수밖에 없는
할머니는 왜 감나무 밑을 선택해야 했을까

태풍 없이도 주먹만 한 땡감이 후두둑, 후두둑, 떨어지면
뒷마당 장독대엔 한결 듬성해진 그늘이 오고
말없이 소금물을 풀어 땡감을 우리던 할머니

텁텁한 감물이 수그러드는 동안
감나무 터진 살결을 타고 더 깊어진 한숨이 흘러내렸지
화농 진 자리마다 핏자국 하나 남지 않았지

북새•

노을이 아프게 울면 북새가 된다

딸만 다섯 낳은 여자가 서럽게 울기 좋은 순간이 오고
여자의 딸이 또 딸을 낳아
붉게 사라지기 좋은 변명이 되었다

생솔 가지를 꺾어 모깃불을 놓던
이웃집 여자들은
내 이마를 쓰다듬으며 한마디씩 했다

—징허게 가물랑갑다, 올해 농사도 틀려부렀네

서쪽에서 본 핏빛이 엉키고 엉켜
불안한 슬픔이 내 안에서 쑥 빠져나가는 날에는
어김없이 북새가 울었다

전 생애로 아프게 지는 능소화 꽃물이
내 목덜미 타고 찾아오는 마른 눈물

북새가 아프게 울면 노을은 사라지고

캄캄한 이야기만 자꾸 밀려왔다

• 북새: 노을의 전라도 방언. 북새가 뜨면 가뭄이 든다는 속설이 있다.

꽃의 감옥

송아지 뚫린 코끝에서 피가 다 빠져나가길 기다렸다는 듯
그날, 자운영은
뚝, 뚝, 흘린 피 받아먹고 황홀하게 선명했는데

순식간에 비명은 꽃 속에 갇히고 말았지

울부짖는 어린 소 쓰다듬던 당신의 한숨도 가두고
쓱 지나가던 화사의 무늬까지 가두고

그 비명 다 뜯어 먹고 자란 소는
가난한 집 이력이 되었지

죽을 때까지 벗어버릴 수 없는 코뚜레처럼
평생 수인번호 귀표에 새기고
꽃의 감옥을 배회하였지

아직도 내 약지 둘째 마디 초승달은
소 울음소리 길게 뱉어내곤 하지

슬프다는 한마디가 목에 걸렸다

지붕 위 붉은 선인장 꽃은 며칠째 떨어지지 않았고
세상에 없는 이름으로 캄캄해져버린 안부만 왔다

예리한 가시를 키우던 선인장은
죽을힘을 다해 뾰족해지는 법을 물었고

피 한 방울 흘리지 않고 하얀 나비를 꽂은 소녀에게로
갔다
소녀는 아무 말 없이 수직만을 고집했다

침묵은 긍정도 부정도 아니어서 더 아프다

꼿꼿한 가시 속에 숨겨놓은 손바닥만 한 잎보다도
꽃잎을 포기 못하는 선인장보다도

물어볼 수 없는 전갈인 너와
쓸 수 없는 답장인 나를

당신은 이미 알고 있었을까

이 계절과 저 계절의 경계에서는
언제나 계절보다 먼저
바람이 불고 비가 온다는 것을

비가 오면 가장 먼저
무릎이 시리다는 것을

지붕 위를 맴돌던 붉은 달이 소리 없이 졌다

유언

혼자 살던 그녀가

왼쪽 무릎을 세우고 종이담배를 돌돌 말아 태울 때

겨우 견디던 한 송이가 어떤 징후도 없이 숨을 멈췄다

젖은 제비꽃으로

—네가 밑 빠진 것 몰래 수습해 다오

꽃을 닮은 밑이라니!

그 밑 질질 끌며 어느 바닥까지 갔다 왔을까

흐드러지게…… .

나는 밑이 낳은, 가장 아득한 바닥

내 몸에도 여전히 밑이 흐르고 있을까

제4부

잔인한 고요

창문 아래에서 밤새
쉬지 않고 울어대던 새끼를 물고
어미 고양이는 흔적도 없이 사라져버렸다

창 틈새로 가느다랗게
새어 들어오던 울음을
이중 삼중 밀어내며 걸어 잠근 창문과
순간 적막해진 방과
빈틈없던 지난밤의 표정을 향해

칼바람이 창문을 떼어내며
주위의 나무들보다 더 추운 소릴 내질렀다

내 귀는 그때
심장을 향해 방망이질 치던
모든 통증의 주소를
별책부록으로 넘겨버렸고

어미 고양이가 버리고 간 자리에는
유난히도 찬란한 아침이 완성되어 있었다

1막 1장

잡식의 습성으로 발효된 오랜 불안이
발목을 잡아당긴다

길거리 생활에서 터득한 지혜라면
운명을 우연의 반복으로 긍정해야 한다는 것

자동차 바퀴 옆에서 최대한 웅크린 채
움직이는 그림자를 재빠르게 가늠해보다
아주 조심스레 한 발을 내디뎌야 한다
이때 가장 조심해야 할 것은
이유 없는 적의敵意로부터 가능한 멀리 있어야 한다는 것

단지 이름만으로도 뒷모습을 품는 종족이 있다

두려움은 배고픔이나 적이 아니다
용납하지 않은 세계를 기웃거리면서
후미진 뒷골목 쓰레기더미를 뒤지는 방식이
언제 끝날지 모른다는 것

무엇인지도 모르게 왔다 가버린 사람을

이번 계절이라 착각하며
노란 눈동자가 다시 젖는다

도도새*와 검은 고양이

바람보다 가벼워지려는 뼛속까지 그럴듯하게 비워냈지만
죽을 때까지 지상을 떠날 수 없었던
도도새들은 지금 어디를 지나가고 있을까

새들의 발은 지상을 걸을 때 뒤뚱거릴 뿐이다

나는 겨드랑이를 문지르며 날개에 대해 생각했다

나는 돌이킬 수 없을 만큼 멀어졌으나
검은 고양이는 소리 하나 새지 않고 지붕 위를 향해 걷고
뒷마당 새의 정원은 얼마나 수다스러웠는지

새는 집을 지었고 고양이는 집을 짓지 않았다
새는 날아올랐고 고양이의 노란 눈동자는 더 크게 부풀어 올랐다

바람은 흔들리는 깃털 하나로도 제 존재를 증명하고 싶어 한다
내가 없는 꼬리뼈로 날갯짓 소리를 그르렁거렸을 때
새의 뼈는 좀 더 단단해지는 쪽으로 향해 있었다

• 도도새: 인도양의 모리셔스섬에 서식했으나 날개가 퇴화해 날 수 없었다. 섬에 들어온 사람들의 무차별적 사냥에 의해 1680년경 멸종.

유전자 바코드

사만 년 전 슬로베니아 어느 동굴에서
새끼곰 넓적다리뼈로
처음 만든 악기가 플루트라는데
그러니까 그 소리가
사만 년 만의 첫 호흡이었다는 것인데

적막한 꽃잎들 몸 부비는 소리도 아니고
두 걸음 걷다 두 번 고개 끄덕이고
햇빛 몰려가는 쪽으로 살짝 얼굴 돌려보는 눈빛이었던가
그 소리가 처음 우리 곁으로 왔을 때

마술사가 잠든 그녀를 가볍게 들어 올려
바람 없는 허공에 깃털 떨어져 내리는 속도로 내릴 때
그 무중력한 현기증이
새끼곰 뒤뚱거리는 걸음걸이였을지 모르는데

우리에 갇힌 새끼곰 본다

왜 저녁이 오는 속도로 뼛속은 텅, 텅, 비어가는지
그 뼈를 관통해 한 번 깊어진 어둠은

조금도 더 깊어지지 않는다는 걸

언제쯤이면 알게 될까

야생성이란 날것이 무엇인지조차 모르는
저 DNA는

옥외계단

곧 철거될 건물 외벽에
아무도 사용하지 않은 녹슨 계단이 있다

신경은 모두 손상되었으나
감각만은 꿋꿋하게 살아남아 버티고 있는 통증처럼
점점 완강해져서 어찌해볼 도리가 없는 것처럼
숨길 수 없는 사연 줄줄 흘리고 있다

재개발 지역의 그 흔한 철거 반대 플래카드 한 장 내걸리지 않고
휘갈겨 쓴 삐뚤어진 붉은 글씨 하나 없는데

장대비 주야장천 견디고 있다

떠나고 싶지 않은 그 무엇이 아직 남아 있을까
무엇을 꺼내오지 못했을까

안기도 전에 푹 꺼져버렸을 싸구려 소파는
버려진 줄도 모르고 하염없이 기다리는 강아지처럼

깨진 유리창 너머 축축한 풍경 뒤에서
곪을수록 푹푹 빠져버린 발을 더 깊이 감춘다

안으로 들어가는 입구는 애초부터 출구가 아니었다는 걸
예의바르게 무시하며 확신하며

탈린*의 바람

들어갈수록 낮아지는 미로 속에서 서로를 통과해 간 기억이 있다

흔들리는 옷가지부터 견고하지 않은
창문들까지 침묵하고 있는
낮은 지붕들 사이 좁은 골목 따라 내려가면
불멸의 길고 가벼운 바람 따라서 분다
곧 숨이 멈출 것 같은
수만 개 늙은 바람 층층이 부는 것은
허술한 창문 너머에서 벌어지는
모든 사사건건으로부터 탈출하려는 것
탈출이라는 명분마저 없다면 아무 것도 아닌
헐떡이는 말할 수 없는 생존방식은
어떤 최소한의 본능일까
습하고 오래된 골목으로부터
모든 추억과 모든 안녕으로부터
다시는 되돌아오지 않을 작정 수만 번도 더 하면서
아무도 구속하지 않는 속박으로부터 벗어나는
마지막 방법 무엇일까 수도 없이 생각하면서
쿨럭거리는 기침으로 가득 찬 얇은 바람은

다시 또 수백 년 저녁 안으로
휩쓸려 가고 있다

골목 끝,
어둠 속에서 빛을 감싸고 있는 손 하나를
아직도 붙들고 있는데

• 탈린: 에스토니아의 수도. 중심부가 외곽보다 낮게 설계되어 있다.

소금 호수에서 살아남는 법

PH10 탄자니아 나트란 소금 호수에
발을 담그고도 살아남으려면
깃털 하나 적시지 않을 홍학의 긴 다리와
굽혀본 적 없는 관절을 가져야 한다
무방비로 노출된 허기와 턱뼈를 맞바꿔야 한다
고전적 취미가 되어버린 평화로운 군무에 충실하되
뒤통수를 때리며 끙끙대는 태양이
날개에 달라붙어 붉게 익어가더라도
우아함을 잃지 말아야 한다
눈웃음을 흘리며 인내하여야 한다
저 멀리 목마른 들소 떼가 쓰러지고
무리를 잃고 울부짖는 아기 코끼리를
애정 어린 시선으로 쓰다듬는 검독수리의
날카로운 부리를 흉내 내며 침묵하여야 한다
가끔은 종갓집 안마당에서
씨간장의 절대치를 다시 쓰는 방식을
잊어버리지 않는다면
백만 년 동안 절여진 슬픔도
기막힌 허송세월이거나
멀쩡한 상징이 될 수도 있다

안내 방송

8월의 난대성 해류는 10월까지 이어져
계절풍이 조금 늦게 도착할 예정입니다
이번 일기예보로 갈아타실 손님께서는
3번 홈에서 환승하시기 바라며
긴급 설치된 검역소는
승차하시기 전 바로 당신들이 품은 불온한 상상과
더 싱싱한 사건들에 대한 불타는 호기심 그리고
마구잡이로 털어대는 신상에 대한 검역을 강화할 예정이오니
쪽잠 속에서도 검역을 받으시겠습니까
승객 여러분께서는 거짓말들을 충분히 들이마시기 바랍니다
이번 역에서는 시집 세일 기간을 맘껏 이용해보시길 권해드립니다
장마철 상습적으로 물에 잠기는 가난한 동네와
새가슴이 묻어두었던 사연들이 쏟아져 나와
쓰레기더미마다 홍수를 이룰 것이지만
헬조선과는 상관없이 우아한 당신은
맑고 산뜻한 미소를 띠며 아무 걱정없이 우아하게 다리를 꼬아

아직 펼치지 않은 시집을 든 채
흔들의자를 한 번 돌려주기만 하면 됩니다
다이어트를 구상 중이거나 식스팩을 원하는 승객여러분께서는
속물열차를 애용해보십시오
악어가죽으로 만든 런닝머신과 단백질 보충제 6PACK이 한 몸이 되어
둥둥 떠다니는 판타스틱한 세계를 경험하실 수 있습니다
지금 세 번째 열차가 들어오고 있습니다
안전선 밖으로 한걸음 물러나 주시기 바랍니다
시베리아 기단으로부터 출발하여 한랭전선을 동반한 네 번째 기차는
폭설을 장착하고 약 세 시간 뒤에 도착할 예정입니다
쾌적한 여행을 원하시는 손님 여러분께서는
서둘러 표를 구입해주시기 바랍니다
지금 열차가 정거장 안으로 들어오고 있습니다

기생寄生

배추흰나비 애벌레 등에 기생벌이 날아와 앉는다
이 달콤한 체위, 은밀하다

몸이 부풀어 오르고 순식간에 침샘은 흥분한다
하지만, 아무렇지 않게 상관하지 않기로 한다

당신이 나를 껴입는 순간,
나는 나로부터 멀어지고
내 몸은 당신의 눈과 날개와 일생이 되어간다

나는 여전히 당신과의 자웅동체를 꿈꾸지만,

비극이라는 연극이 희극이라는 무대에 올려진 그때부터
긴 탄식과 살육 사이에
잔인한 본능이 황홀하게 끼어들었다

나를 찢고 또 다른 당신과 만날 때
우리라는 극단은 완성된다

라쇼몽 효과

그것은,

박제된 물고기와 풍경 소리와 가닿을 수 없는 멀고 먼 바다였어

새로 알아낸 꽃말 익힐 겨를도 없이 시시각각 침몰하는 과거였어

찾을 수 없는 주소 들고 되돌아가는 꿀벌들의 가벼운 등짐이었어 그것은,

어린 뱀딸기 속절없는 봄밤이었어 떼어낼 수 없는 그림자였어

바람이 잠깐 한눈 판 숨바꼭질이었어 아직도 풀지 못한 얼음땡이었어

이상한 맛을 가진 막대사탕이었어 점점 사라지지는 입술이었어

그것은, 어디에서 터질지 모르고 날아다니는 풍선이었어
놓쳐버리고 우는 아이였어

그것은…… .

배신하기 좋은 날

며칠 질척거린 기분을 탁, 탁 털어 뙤약볕에 넘긴다

옥시크린 한 스푼이 쉰내 나는 머릿속을
새하얗게 표백시켜줄 거라는 광고는
나도 모르게 철석같이 믿게 되고

위선이 개입되는 순간 배신은 쑥, 쑥, 자란다

믿는다는 건 아무도 모르는 이란성 쌍둥이
언제든 엉덩이를 걷어찰 수 있는 발뒤꿈치에
슬며시, 변명하기 좋은 낯선 얼굴들로 거래처를 마련해두고

공기방울 세탁기에서 산뜻하게 공기로 빠져나와
안심하고 안면을 가린 채 태닝도 할 수 있겠다, 오늘
흔적은 조금 서투르겠지만

반짝거리는 철삿줄 몇 가닥 허공에 걸어두고
그렇게 눅눅한 몇 날 밤낮을 감쪽같이 처리하고

마음대로 새하얗게 까마득하게 숨 쉴 수 있겠다
OXY 세상!

안녕, 해바라기씨

당신은 얌전히 화병에 꽂히고
태양은 창에서 멀리 떨어져 있다

상처는 더 이상 창문을 사랑하지 않고도 아플 수 있을까

꽃잎이 막 피어난 것도 다정하지 않고
조금 지기 시작한 것도 다급하지 않은데

화병은 너무 작고
당신은 목 잘린 메두사의 뱀들을 위해
몸을 찾아 사방으로 흩어지려 한다
어떤 것에도 허덕이지 않고 함부로 식욕을 깨우지도 않고
서두르지 않으면서 조심스럽게 남은 것들을 일으켜 세운다

살아남은 시선들은
다시 피 튀기는 순간을 견뎌야 하지만
견디는 동안 태양은 이미 시들고

태양의 모가지를 비튼 손을 한 열흘쯤 증오하다

우아하게 꽃들은 아직 등뼈를 세우고 있다

당신의 동쪽은 여전히 아무렇지 않고

그림자나무

나는 해를 받아먹는 나무

가지마다 푸른 입 새조개처럼 열어
뜨거운 혀 내밀고 샛노란 태양을 삼키지

빛 속으로 걸어 들어가다 눈이 멀고 만
한 알의 캄캄한 슬픔을 잉태하지

눈부신 그늘이 찾아올 때마다 자꾸 둥근 꿈을 꾸지
사랑 없이도 주렁주렁 제 서러운 알들을 낳지

알 속은 궁금하지 않지만
자꾸 뒤를 훔쳐보던 당신의 눈빛에는
하얀 수정의 발이 동동 떴다 사라지곤 하지

당신의 흰 그늘 속으로
그리운 것들은 차올라서 최후의 꽃이 되지

사랑은 순간이라지

배고픈 잠

아기가 다 먹은 젖병을 끝내 놓지 못하고
하염없이 꿀잠에 든다

밥물의 자세를 풀지 않은 젖꼭지는
일용할 양식을 일용할 수 있는 건 아니어서
잠의 울타리는 허술하다

아이를 찾아내 황금빛 들판으로 걸어 들어가는
발목이, 종아리가 푹푹 꺼진다

생장점을 놓칠까 가파르게 치닫던 호흡도 잊고
눈보다, 손보다, 입보다, 먼저 감지한 위험도 잊고
뺄 돋느라 예민해진 엉덩이의 말초신경도 잊고
그러다가, 고개를 돌리고 눈을 감으면 꿈속이다

붙잡을 수 없는 건 아무리 애를 써도
돌아보지 않는다는 걸
젖이 다 마른 다음에야 알게 된다

새벽, 연잎이 물방울 하나를 받아서

꽉, 움켜쥐고 있는 연잎의 팽팽한 힘줄이

새벽을 견딘다

견딘다는 건 때론 한순간을 위해
수백 번도 더 함께 숨을 참아주는 일

자신의 몸 위로 난데없이 떨어진
한 방울을 어쩌지 못해
뿌리의 허락도 없이
잠시 몸을 떠는 순간에도

세상은 천연덕스런 얼굴로

바람은 근심 같은 건 하지 않는다
그런데 이때만은 숨고르기를 한다

그 위험한 자리에 한 채의 공중이 있다

겨울나무

쉴 새 없이 차들이 지나가다 신호등에서 잠시 멈추고 역방향으로는 사람들이 어떤 표정도 담지 않은 얼굴을 하고 지나가는 아침 10시, 나의 창에는 그들이 남지 않는다

찢어지거나 혹은 불어터진 종잇조각, 비벼 짓이겨진 담배꽁초 따위의 기분은 중요치 않다 지나간 것들은 아무 계절의 해묵은 감정을 쓸어가듯 처리될 뿐이다

잠시 고개를 숙였다 다시 드는 그런 기분 정도로 어느 날, 나뭇잎 하나가 기도문을 멈춘 수도승 곁으로 천천히 떨어져 내린다

한 장의 창문이 내게 더 이상 세상을 보여주지 않는 날부터 비가 내릴 것이다

훤히 드러난 둥지를 관통해 바깥에서 까치가 계속 운다

언제부턴가 나뭇가지 끝에 닿으려는 노래가 멈추고 목소리가 젖고 마지막을 위로하는 길고 하얀 잠자리 떼가 사라졌을 때 아무 날의 독백이나 물어뜯으며 다시 다른 계절이나 얼씬거리며 나는,

결심

한 꺼풀만 벗기면 우리는 모두 비정도 눈물도 모르는 속물이 되어갔다 심해의 해파리처럼 속이 훤히 내비치는 줄도 모르고

사람이라는 나라의 뒷골목에도 말라버린 눈물샘이 길을 트려는 순간이 올까

맥락을 읽으라고 소리치는 당신의 노여움을 까맣게 뒤집어쓰고 물끄러미가 되어가던 골목 가로등과 같이 어느새 어둠은 제 감정에 취해 함부로 소용돌이치는 중심을 향해 뜨겁게 식고 있었다

배웅이라는 신발을 신고 고공에서 바닥까지 철벅거리며 진흙탕이 되는 순간이 오고 그딴 거 아무 것도 몰라야 하는 순간이 또 지나가고

한 번만 눈을 질끈 감아버리면, 나는 아무것도 모르는 사람

마음대로 용감할 수 있는 여지를 남겨두지 않았다 비겁하게, 비겁한 대로

추측 아니면 의혹

겹겹을 감싸다 보면 마침내, 구근에 닿을까
비밀은 영원히, 비밀인 채로 남을까

저온 저장고 같은, 거짓말 같은, 베일 속에, 동그란 무덤 속에

하얀 발가락들을 꼼지락거리다
빨간 양파 망 밖으로
어수선한 눈치를 뻗어야 할 순간이 오면 알게 된다

마음껏 오해해도 그건 언제나 빈틈없이 촘촘하게
발설할 수 없는 내면인 채로

코끝은 언제나 맵다

어디에 본적을 두고 있는지
종적은 찾을 수 없고 족적도 남기지 않고

나의 주홍빛 일상이 겹겹으로 바스러진 흰 시간 속으로
오래전에 잊히거나 까마득히 멀어져버리면

그것은,

빛날 한 순간을 위해 아름답게 봉인된다

직전이 피었다

오늘 사과나무에 핀 것은 무수한,

직전들이 하나하나 물집을 터트리며 아프게 운 흔적

5월의 나무 아래엔 시체들이 잔뜩 묻혀 있다*

알 수 없는 직전의 직전들이 구더기로 들끓는다

그것은 형식이 아니라 오롯이 자세

굽혔던 무릎을 하나하나 펴는,

* '카지이 모토지로'의 산문 「벚나무 아래에는」에서 한 구절을 변용함.

해 설

안부의 바깥

김종훈(문학평론가)

낭만주의자는 공동체의 질서보다는 개인의 감정을 중시한다. 그러한 성향을 가진 데에는 바깥 세계의 시대상이 영향을 끼쳤겠으나, 그렇다고 내면의 기질을 무시할 수는 없을 것이다. 그것이 어떠한 모습일지라도 그 세계에 놓여 있다는 사실만으로 그는 갑갑하다. 자신이 목격한 다른 세계의 모습을 이 세계에 제시할 수 있는 특별한 능력을 지닌 그는, 바로 그 때문에 이 세계를 전복하기를 원한다. 하지만 특별한 능력이 특별하기 위해서는 다른 이에게 그 능력이 없어야 한다. 그의 기획을 공감하는 이가 드물기 때문에 혁명은 성공하기 어렵다. 현실에 묶인 낭만주의자는 대개 혁명의 기운을 자신의 감정 안에 가두고 산다.

이기영의 시에서는 낭만주의자의 목소리가 자주 들린다. 가령 다른 세계에서 보는 것처럼 이 세계가 소개되는데, 그에게 여인숙이 있는 지명은 "아무도 관심 없는 이 허름한 소행성"(「휘파람 여인숙」)이고, 도로에 떨어지는 소나기 소리는 "지상의 음계"(「소나기가 도로를 가로질러 갈 때」)이다. 그는 이곳의 구체적인 지명을 제시하거나 그 모습을 묘사하기보다는 "소행성"이나 "지상"과 같은 먼 시선의 흔적이 담긴 말을 사용한다. 낯선 곳에 왔다는 당혹감이 그 표현에 묻어 있다. 따라서 이 세계에 유폐된 채로 살아야 하는 그의 감정은 복잡할 수밖에 없다.

시집에 등장하는 여러 여행의 흔적은 이 낭만주의자의 실패한 혁명의 부산물이라 할 수 있을 것이다. 쿠바에서의 질문인 "시인도 못 되고 오늘의 혁명가는 내일의 혁명을 모르는/ 불온한 승객들은 이 밤 또 어디로 다 흘러가나"(「부에나 비스타 소셜 클럽」)는 끊임없이 유예되는 혁명에 대한 탄식과 다르지 않으며, 에스토니아 수도 탈린에서의 질문인 "아무도 구속하지 않는 속박으로부터 벗어나는/ 마지막 방법 무엇일까"는 실현 불가능한 꿈을 좇아 방황하는 운명에 대한 수긍과 다르지 않다. 시집에 등장하는 여러 장소는 가고 싶지만 가지 못하는 세계의 대리 보충물이다. 그곳에서 풀어내는 목소리에 여행의 즐거움보다는 방랑의 허무함이 배어 있는 것은 어찌 보면 당연하다 할 수 있다.

PH10의 탄자니아 나트란 소금 호수에
발을 담그고도 살아남으려면
깃털 하나 적시지 않을 홍학의 긴 다리와

굽혀본 적 없는 관절을 가져야 한다
무방비로 노출된 허기와 턱뼈를 맞바꿔야 한다

…(중략)…

우아함을 잃지 말아야 한다
눈웃음을 흘리며 인내하여야 한다
저 멀리 목마른 들소 떼가 쓰러지고
무리를 잃고 울부짖는 아기 코끼리를
애정 어린 시선으로 쓰다듬는 검독수리의
날카로운 부리를 흉내 내며 침묵하여야 한다
가끔은 종갓집 안마당에서
씨간장의 절대치를 다시 쓰는 방식을
잊어버리지 않는다면
백만 년 동안 절여진 슬픔도
기막힌 허송세월이거나
멀쩡한 상징이 될 수 있다

—「소금 호수에서 살아남는 법」 부분

대개는 삶의 영역을 넓히기 위해 여행하지만 이기영은 마치 삶의 한계를 확인하기 위해 여행하는 듯하다. 낯선 장소는 그에게 변주되는 삶을 제공하여 호기심을 불러일으키기보다는 반복되는 삶의 모습을 제공하여 무료함을 느끼게 한다. 「소금 호수에서 살아남는 법」에서도 여행은 해방감보다는 구속감을 그에게 준다. 그는 소금 호수를 보면서 무언가 가져야 하고 맞바꿔야 하고 인내해야 하고 침묵해야 하는 당위로 가득 찬 삶의 무게를 느낀다.

소금은 아름다운 결정체라는 점에서 "멀쩡한 상징"이지만 거기에 이르기 위해 여러 과정을 반복해야 한다는 점에서 "기막힌 허송세월"이다. 들소와 코끼리는 야생의 삶을 대변하기보다는 희생양의 뜻으로 시에 배치되었고, 대홍학과 검독수리는 자유를 상징하기보다는 침묵과 인내를 상징한다. 낯선 곳에서조차 침묵과 인내와 희생과 같은 삶의 무게를 느낀다면 그의 여행은 삶의 무게를 확인하기 위해 계획된 것이라 여겨야 하지 않을까. "백만 년 동안 절여진 슬픔"인 소금 사막은 멀리 가서 맞닥뜨린 낯선 풍경이 아니라 오래 견뎌 도달한 일상의 국면 중 하나이다.

> 어디엔가 물의 체온을 저장해두고 사막을 건너는
> 낙타의 감정이란 이런 것일까
>
> 시시때때로 모래폭풍을 몰고 오는 너의 습관 때문에
> 아무것도 건질 게 없는 바닥은 언제나 개미지옥
>
> 숨통을 조여오는 황사의 발원지는 사막 아니면 늘 삭막
>
> 우기는 너무 멀고 태양의 침실은 이미 가깝다
>
> —「황사의 감정」 부분

"숨통을 조여"오고 "모래폭풍"을 몰고 다니는 황사를 마시며 사는 그의 마음은 삭막하다. 사막은 이때에도 특정한 장소가 아니라 그의 마음 속 풍경인데, 서걱거리는 사막의 모래는 모든 시간을 다 살아낸 이 땅의 마지막 모습이라는 점에서 일상의 결정체였던 '소금호수'와 닮았다. 모든 시간을 다 살아냈다고 생각하므로 그는 삶이 허무하다고 생각하는 것 같다. 더욱이 "우기는 너무 멀고 태양의 침실은 이미 가깝다"는 진술에서 확인할 수 있듯 그는 물을 제 몸에 저장한 "낙타의 감정"을 이해할 수 없고 전망은 좀처럼 제 모습을 보이지 않는다. 그렇다면 이 세계를 좀비처럼 떠도는 것으로 시간을 보내야 하는 것인가. 아직 떠도는 자신의 육체는 무엇인가. 전망의 부재를 증명하기 위한 알리바이가 그의 존재 이유인가.

> 바람보다 가벼워지려는 뼛속까지 그럴듯하게 비워냈지만
> 죽을 때까지 지상을 떠날 수 없었던
> 도도새들은 지금 어디를 지나가고 있을까
>
> 새들의 발은 지상을 걸을 때 뒤뚱거릴 뿐이다
>
> 나는 겨드랑이를 문지르며 나의 날개에 대해 생각했다
>
> —「도도새와 검은 고양이」 부분

도도새는 자유와 허무의 뜻을 동시에 지녔다. "바람보다 가벼워지려는 뼛속까지 그럴듯하게 비워"낼 정도로 자유롭지만, 또한 "죽을 때까지 지상을 떠날 수 없었던" 불운한 새가 도도새인 것이다. 시인이 느끼는 자신도 그러하다. 그 역시 새들과 마찬가지로 "지상을 걸을 때 뒤뚱거릴 뿐"이다. 그러나 결정적 차이가 있다. 새는 끝내 지상을 떠나 어디로 날아갔지만, 그는 날개가 달렸었던 겨드랑이를 문지르며 지상에 계속 머물 수밖에 없다. 겨드랑이에 있는 날개의 흔적은 다른 세계를 보았으나 이 세계에 갇힌 낭만주의자의 징표이기도 하다. 비상의 욕망을 마음에 담은 채 현실을 살아가는 그에게, 구속과 자유의 어긋남은 시를 이끌어내는 동력이라 할 수 있다.

여러 어긋남 중 특별히 시간의 어긋남은 이기영이 골몰하는 시적 주제 중 하나이다. 그것들은 시집에서 자주 '안부'나 '알리바이' 등으로 표현되곤 한다. 선인장 꽃은 그 대신 "캄캄해져버린 안부"(「슬프다는 한마디가 목에 걸렸다」)를 건네는 한편, 그는 예전에 알던 사람들과의 만남을 기다리며 "서로 모르는 완벽한 알리바이가 필요"(「5월」)하다고 한다. 안부는 함께 있었던 시간과 지금 헤어진 상태를 전제로 전달되고, 알리바이는 과거 그곳에 없었던 사실을 지금 증명하며 성립된다. 안부는 과거의 만남을 전제로 현재의 안녕을 고하고, 알리바이는 현재를 기점으로 과거의 부재를 증명한다. 즉 안부는 만남보다는 헤어짐을, 알리바이는 있음보다는 없음을 강조하는 것이다. 이들은 모두 어긋난 시간을 환기한다. 어떠한 말이건 지금은 모두 예전과 정반대의 상황에 놓여 있다.

어긋난 시간을 함께 사유하면, 이 시간에 함께 있었던 그 시간이 투영되고, 그 시간에 이 시간의 안녕이 투사되어 시간이 두꺼워진다. 그러나 한편으로 그 두꺼운 시간은 마음을 복잡하게 하고 시를 태어나게 한다. 안부의 내용에는 함께 있었던 시간이 행복했으며, 떨어진 지금도 살만하다는 메시지가 담길 것이다. 혼자 남은 상태가 걱정을 끼칠 일로 판단되면 그 상태를 다듬어 그렇지 않은 평균의 말로 소식을 전하는 것이다. 이는 자신이 처한 특수한 상황을 무시해서가 아니라 걱정할 수 있는 상대방을 존중하는 태도에서 비롯한다. 상대방을 배려하는 마음과 온전치 못한 현재 상황의 격차에서 시적 의미가 생성하는 것이다.

> 지붕 위로는 한 줄 비행운이 흘러왔다 사라지지
> 고이지 못하고 흘러가는 건 빗물뿐이 아니라서
>
> 기억의 잔가지들을 뚝, 뚝, 끊어내고 뒤척이는 밤
> 서로가 서로에게 지쳐 돌아눕고
> 안을 수 없고
> 이 가지는 저 가지에 닿지 못하네
>
> 참 이상도 하지,
> 저 새는 끊임없이 목소리를 버리고 있네

돌아오지 못한 안부로 발목은 아직 시린데

—「자산동 1-오래된 낙서」 부분

"참 이상도 하지"는 새의 모습을 보며 하는 말이다. 새가 지저귀는 소리를 시인은 안부를 건네는 것으로 받아들인다. 그런데 안녕하다는 안부와는 다르게 새는 "아직 시린" 발목을 가지고 있다. 이는 시인 자신도 마찬가지다. 함께 했던 "기억의 잔가지들을 뚝, 뚝, 끊어"져 그도 고통스럽다. 그러면서 자신의 안녕을 고하므로, 그 안녕의 내용과 자신이 지닌 상처의 격차가 벌어지게 된다. 안녕은 안부로 부쳐지지만 상처는 시로 남는다. 그는 제 상처를 외면하는 것이 아니라 직시한다. 그는 제 상처를 후벼 파는 것으로 다른 상처에 위안을 주고, 제 고통을 드러내는 것으로 독자의 고통을 달래주고, 제 수명을 헐어내어 타인의 기억을 연장한다. "뚝, 뚝, 끊어"낸 기억의 잔가지가 그가 건져낸 시어이고, 돌아오지 못한 안부는 어떠한 대가 없이 쓰고 있는 그의 시라 할 수 있을 것이다. 그가 쓰는 시에 대한 반향을 그는 알 수 없다. 고독의 세계 한가운데 그가 있다.

그는 어긋난 인연 중에서 떠난 쪽보다는 남겨진 쪽에 있다. 그를 제외하곤 세상은 평온하다. 아니, 자신이 떨어져 나와 세상이 평온해진 것 같기도 하다. 역설적으로 이와 같은 의식은 자신을 둘러싼 고독, 본체에서 떨어져 나와 사소한 것으로 치부되는 것들에 자부심을 가져다준다. 나는 누락되었으나 누락된 것으로 시를 쓴다는 의식. 허무에 단련

되기 위한 여행도, 망각의 세계로 진입하기 쉬운 것들을 떠올리는 행위도, 가령 '자산동'과 같은 옛 동네를 떠올리는 일도 같은 맥락에 놓인다.

누가 다녀갔나요

물병자리에서 물고기자리까지 건너가는 동안
홀로 잠들 새벽이 아픕니다

아침엔 사라져주지 않는 고열이 천장까지 오르락내리락 귀찮았지만
괴성조차 나오지 않아 쫓아버리는 걸 그만두었지요

허기를 가득 채운 텅 빈 밥그릇에 남은 한 톨

너 때문이라는 손가락질도 이해되다가
오늘은 4월 5일 식목일이니 한 그루 사과나무라도 심어야 할 텐데 하다가

아무런 예고도 없이 낭떠러지로 떠미는 뒷문을 벌컥, 누가 열어버리면 어쩌나
미처 씻지 못한 밥그릇에 말라붙은 밥풀처럼 단단해져야 하나

단 하나의 이미지로 뭉쳐진 이 새벽이 아픕니다

—「자산동 2-난간 없는 방」

이기영의 시에는 종종 시간이 동료처럼 등장한다. 모든 통증을 "별책부록"으로 처리한 날 "어미 고양이가 버리고 간 자리에/ 유난히도 찬란한 아침이 완성되어 있었다"(「잔인한 고요」)에서 확인할 수 있듯 그 시간은 주로 혼자 있는 시간이다. 시간은 시인과 대면하며 동병상련의 정을 나눈다. 인용시에서는 시인이 새벽과 함께 앓고 있다. 시인은 고열 때문에 괴로워하지만 이를 가라앉히려는 노력을 포기한 상태이다. 한편 새벽은 이미 "누가 다녀갔"을지도 모르기 때문에, 또는 곧 뒷문을 "누가 열어버"릴까 봐 아프다. 외로움 때문에 아프다고 할 수 있으나 두려움 때문에 그 외로움을 벗어날 수 없는 것이다. 시인과 새벽 둘 다 아프지 않기 위한 노력을 단념한 상태처럼 보인다.

그 사이 그가 남긴 "밥그릇에 남은 한 톨"은 새벽으로 넘어가며 단단히 굳어간다. 한 톨의 밥알의 이미지가 지닌 의미는 복합적이다. 그 밥알은 한 톨이라서 외롭지만, 굳어 있어 견고하다. 외로움과 두려움의 감정에서 외로움과 견고함의 감정으로 이행된다. 감내해야 하는 외로움 안에서 그는 자신의 자세를 가다듬어 두려움을 견고함으로 바꾸려 하는 것이다.

당신이 변하고 있다는 걸

복선으로만 읽을 때
난 은밀함으로 남을게요

…(중략)…

가령, 당신과 나만 아는
아주 특별한 숫자들이 있다면
그것들은 불멸하는 의미를 만들지만
아무런 고민 없이 내다 버린 의자들은
지독하게 쓸쓸해져서
내 등짝이나 후려치는

왕벚나무 아래로 들어설 뿐인데
중력을 잃고 난 뒤 하늘로 흩뿌려지는 꽃잎들처럼

계절 뒤에 찍힌 눈부신 발자국으로만 남아 있을게요

—「이미 버려진 것들은」

안부를 전하거나 부재를 증명하거나, 이들은 외로운 시간을 재확인하고 삶을 견고하게 단련하는 과정에 속한다. 안부를 전하는 과정에는 자신의 현재 상태가 누락되고 부재 증명 과정에는 지난 인연이 끊긴다. 왜 그럴까. "붙잡을 수 없는 건 아무리 애를 써도/ 돌아보지 않는다는 걸/ 젖이 다 마른 다음에야 알게 된다"(「배고픈 잠」 부분)는 것을 깨달았기 때문은 아닐까. 지난 일을 돌이키려고 무리하기보다는 현재의 외로움을 받아들여 순리대로 살기 위한 선택을 그는 '버려진 것들'이라고 하는 것 같다. 여기에서도 그는 '버린 것'이 아닌 '버려진 것' 편에 있다.

시를 보자. 변하는 것은 떠난 것이고 남은 것은 한결같은 것이다. 그러므로 변한 당신은 떠난 자이고 남은 '나'는 버려진 자이자 동시에 한결 같은 자이다. 변하는 세월은 버려진 자의 "등짝이나 후려치"고 있고 그로 인해 그는 왕벚나무 아래서 "중력을 잃고 하늘로 흩뿌려지는 꽃잎"과 같게 된다. 이 꽃잎은 흩어진다는 면에서 덧없는 것들이지만, 눈부시다는 면에서 찬란한 것들이다. 그가 주목하는 것은 앞의 시에서 "말라붙은 밥톨"이라면 이 시에서는 "눈부신 발자국"일 것이다. 엇갈려 버려진 와중에서도, 견고함과 찬란함은 그가 추구하는 가치로 남는다.

다른 세계를 볼 수 있으나 이 세계에 떨어진 낭만주의자는, 현실과 이상과의 괴리감으로 여행을 떠났고, 돌아와서는 버려진 것의 편에 섰다. 그 결과 무엇으로도 바뀌지 않는 완강한 현실이 확인되었고, 그 안에서의 삶을 견디기 위해서라도 견고함의 자세가 필요했다. 이기영의 시에서 버려진 것의 시선이 안부와 부재 증명의 시편에서 도드라졌다면 다른 세계를 꿈꾸는 자의 시선은 여행시편에서 찾을 수 있었다. 그런데 그의 여행은 단지 장소를 옮기는 것뿐만 아니라 시간을 거슬러 옮겨가기도 한다.

할머니는 종종 감꽃 같은 한숨을 떨구곤 했지

그늘에서만 울 수밖에 없는
할머니는 왜 감나무 밑을 선택해야 했을까

태풍 없이도 주먹만 한 땡감이 후두둑, 후두둑, 떨어지면
뒷마당 장독대엔 한결 듬성해진 그늘이 오고
말없이 소금물을 풀어 땡감을 우리던 할머니

텁텁한 감물이 수그러드는 동안
감나무 터진 살결을 타고 더 깊어진 한숨이 흘러내렸지
화농진 자리마다 핏자국 하나 남지 않았지

—「빛의 검법」 부분

그가 "감꽃 같은 한숨"을 떨구는 할머니의 시간으로 갔다. 입을 다문 할머니의 사연은 땡감들이 서서히 익어가다 후두둑 떨어지는 것으로 대신하는 듯하다. 감나무의 그늘을 찾아 할머니가 울었고, 그 눈물로 감나무가 자랐기 때문일까. 그는 "감나무 터진 살결을 타고 더 깊어진 한숨"을 찾아갔다. 그 앞에서 시인은 묻는다 "할머니는 왜 감나무 밑을 선택했을까". 대답은 없다. 그는 시간을 거슬러 눈물 흘리는 할머니 앞에, 또는 땡감을 떨구는 감나무 앞에 도착했으나, 그 눈물이 왜 흐르는지에 대해서는 알지 못하는 처지

가 되어버렸다.

눈물의 사연을 알기 위해서는 다른 방식이 필요할 것이다. 가령 '옛날 옛날에'로 시작하는 이야기의 방식, 옛날 옛날에 감나무 밑에서 우는 할머니가 어릴 적 커다란 그늘 밑에서…… 그러나 그는 이야기에 빠져들기보다는 그 입구 앞에 멈췄다. 그 자리는 "핏자국 하나 없"는 "화농진 자리"이다. 피를 흘리는 모습을 보여주거나 피를 흘리게 된 원인을 밝히기보다는 그러한 사건이 지난 후에 남은 상흔에 시인의 시선은 고정되어 있다. 그 자리는 사건이 지나간 자리이며 상흔이 머문 자리이다.

이야기는 보통 삶의 리얼리티를 가린다. 이야기가 현실을 대신하는 동안 현실의 고단함은 잠시 휴식의 시간을 맞이한다. 현실의 고단함을 지우기 위해 그때그때 이야기가 소모된다고 해도 그리 틀린 말은 아니다. 그러나 어떤 이야기는 삶의 보편성에 근본적인 물음을 던지기도 하고, 삶의 세목들을 갈피 지어주기도 한다. 그 안에는 현실의 사태가 어디에서 비롯되었는지 추적하는 욕망과 그것을 일반화시켜 유형화하려는 욕망이 동시에 들어 있다. 내가 겪은 고통의 이유와 유형을 이야기를 통해 갈피 지을 수 있으며 다른 고통과 소통할 수 있는 것이다.

그러나 이기영은 이야기 앞에 멈추어 있다. 일반화 과정과 맞서며 고통의 개별성을 지키려고 하는 것일까. 노을이 아프게 울면 북새가 온다는 이야기를 들어도, 그 이야기에 빠져들기보다는 "북새가 아프게 울면 노을은 사라지고/ 캄캄한 이야기만 자꾸 밀려왔다"(「북새」)며 이야기에 먹칠을 하는 까닭도 여기에 있을 것이다. 이기영은 이야기 속으로 진입하여 삶의 상처를 승화시키기보다는 삶의 상처와 함께 이 삶에 남아 있기를 택한 것 같다. 홀로 전망을 그리며 살기보다는 이 삶을 견디는 사람들 곁에 이기영의 시가 있다. 다른 세계를 경유한 이기영의 마음과 시는 지금, 견고하게 이 세계를 지킨다.